MONICA ANTONELLA SABELLA

Sotto lo stesso cielo

Youcanprint *Self-Publishing*

Titolo | Sotto lo stesso cielo

Autore | Monica Antonella Sabella

ISBN | 978-88-92673-93-9

Youcanprint Self-Publishing

Via Roma, 73 - 73039 Tricase (LE) - Italy

www.youcanprint.it

info@youcanprint.it

Facebook: facebook.com/youcanprint.it

Twitter: twitter.com/youcanprintit

Indice

Primo capitolo

Francesca stava tornando a casa da lavoro, la macchina non partiva, la lasciò nel parcheggio dell'ospedale e si avviò a casa a piedi. "Oh no! Ci mancava anche la pioggia!" si disse Francesca aumentando il passo. Le scarpe che indossava erano con il tacco, non ideali per camminare per un po' di chilometri, e sotto la pioggia, alzò su il cappuccio del giubbino e lo infilò al capo. Passò una macchina e prese una pozzanghera, la bagnò tutta.

«Ma fai attenzione, mi hai bagnata tutta!» urlò Francesca.

La macchina si fermò e scese un uomo con un impermeabile:

«Mi scusi signora! Non l'avevo vista!» disse l'uomo.

«Va bene la scuso, buonasera!» disse Francesca alzando il passo, la macchina le stava dietro. "Oh mio Dio, cosa vorrà ancora! Ho sbagliato a venire a piedi a casa, sono tutte strade pericolose!" si disse Francesca spaventata.

«Signora! Le posso dare un passaggio? Ha rotto anche il tacco della scarpa! Sta zoppicando!» disse l'uomo.

«No grazie! Sono arrivata!» disse Francesca.

«Arrivata! Ma qui non ci sono case per un po' di chilometri! È una via pericolosa, se vuole l'accompagno, si sta bagnando!» disse l'uomo.

«Non mi scocci più!» disse Francesca alzando il passo.

«Signora! Può fidarsi di mio figlio!» disse una voce di donna anziana che era seduta sul sedile posteriore.

«Vi ringrazio! Ho avuto paura che fosse un malintenzionato!» disse Francesca accettando il passaggio.

«Ha ragione ad avere paura! Ci sono tanti delinquenti in giro!» disse l'anziana signora.

«Io mi chiamo Francesca!» disse Francesca.

«Io Cristina e lui è mio figlio Alessandro!» disse la signora.

«Guardi, io sarei già arrivata! Si fermi qui!» disse Francesca.

«Guarda un po' Alessandro, abita vicino a casa nostra! Noi abitiamo in questa villetta! L'abbiamo comprata da poco, ci siamo trasferiti da ieri sera!» disse la signora.

«Sono contenta di conoscervi! Grazie e buonanotte!» disse Francesca. Francesca entrò in casa, trovò sua madre addormentata sul divano e accanto, nella culletta, c'era Gioia, la sua bambina di quattro anni che dormiva con il suo orsetto Teddy.

«Mamma! Vai a letto, ti ho detto tante volte di non aspettarmi!» disse Francesca.

«Sì lo so tesoro ma è più forte di me! Mi preoccupo, ho paura sempre che ti succeda qualcosa!» disse Olga.

«Adesso andiamo a dormire tutte! Porto la mia principessa nel lettone con me! A lei piace dormire con me!» disse Francesca.

«Ci penso io Francesca, intanto tu fai una doccia calda, sei tutta bagnata!» disse Olga. Francesca fece una doccia calda, indossò il suo pigiamone in pile e si preparò una tisana calda, ne aveva proprio bisogno, era stanchissima. Accese il televisore e guardò il telegiornale di mezzanotte "Paul Schese è uscito dalla prigione! È stata data una licenza premio per buona condotta! Il signor Paul Schese è stato arrestato un anno fa per maltrattamenti alla compagna Francesca Coli, da cui ha avuto anche una bambina!" disse il giornalista.

«Oh mio Dio! Mamma!» disse Francesca.

«Francesca cosa c'è? Sveglierai Gioia!» disse Olga.

«Ascolta mamma!» disse Francesca tremando e girò canale cercando un altro telegiornale.

«No! Non può essere!» disse Olga ascoltando la notizia.

«Cosa facciamo mamma! Lui mi cercherà! Me l'ha promesso in tribunale durante la sentenza, che me l'avrebbe fatta pagare!» disse Francesca.

«Ci sarà una soluzione! Non possiamo scappare a vita!» disse Olga.

«Io ho paura per Gioia! Paul è un uomo violento e senza scrupoli! Potrebbe fare del male anche alla bambina!» disse Francesca.

«Andiamo a dormire! Ci penseremo domani!» disse Olga.

Secondo capitolo

Quella notte fece fatica ad addormentarsi e prese una valeriana. Francesca aveva trent'anni, era laureata in scienze infermieristiche e lavorava come responsabile presso l'ospedale di Firenze. Aveva incontrato Paul quando ancora era allieva infermiera, lui era ricoverato nel reparto di chirurgia per un intervento chirurgico per appendicite. Lei s'innamorò subito di lui, era un bel ragazzo alto, occhi azzurri e capelli biondi. Si frequentarono al di fuori dell'ospedale dopo la dimissione di Paul. Sembrava tutto perfetto, andarono a vivere insieme. Dopo qualche mese lui una sera tornò a casa ubriaco e le alzò le mani, da quel giorno questi episodi si ripetevano quasi tutti i giorni. Ogni motivo era buono per Paul per massacrarla di botte! Francesca non ce la faceva più, i colleghi incominciarono a insospettirsi finché una sua cara amica e collega, Marta, le consigliò di denunciarlo. Il marito di Marta era un poliziotto e Francesca prese coraggio e lo denunciò. Dopo qualche giorno si accorse che era incinta, tutti le consigliarono di abortire. Francesca portò avanti la sua gravidanza con l'aiuto dei suoi genitori. Gioia nacque due settimane prima della data prevista, la tennero una settimana in incubatrice, la bambina respirava bene e Francesca se la portò a casa. Gioia pesava solo 1,780 quando la portò a casa, il primario le disse che gliela dava perché si fidava di lei ma doveva creare una stanza sterile per la bambina.

Terzo capitolo

«Francesca, ci sono dei signori che ti cercano!» disse Olga.

«Arrivo!» disse Francesca, «Buongiorno!»continuò.

«Buongiorno Francesca, siamo venuti a salutarti!» disse Cristina. Alessandro era molto carino, con il buio non l'aveva visto bene! Era alto sugli 1,80 cm, aveva i capelli neri e gli occhi azzurri, sembrava un fotomodello, non parlava molto.

«Se vuoi, quando hai tempo puoi venire a casa nostra!» disse Cristina.

«Naturalmente con tua madre!» disse Alessandro. Gioia stava piangendo e la chiamava, era scesa dal lettone ed era davanti a loro che si strofinava gli occhietti.

«Amore della mamma! Sono qui!» disse Francesca prendendola in braccio.

«Mamma, chi è questo signore? È il mio papà?» chiese Gioia.

«No tesoro, non sono il tuo papà, anche se mi piacerebbe esserlo!» disse Alessandro alla bambina accarezzandole il viso.

«Allora io non ho un papà, lo vorresti essere tu?» disse la bambina.

«Tesoro, il signore è un vicino di casa!» disse Francesca.

«I miei amichetti all'asilo hanno tutti un papà, perché io non ce l'ho?» disse Gioia.

«Andiamo piccolina! Ti preparo per l'asilo! La mamma saluta i signori e viene anche lei!» disse Olga prendendo in braccio la bambina.

«Mi dispiace per quello che le ha detto mia figlia!» disse Francesca ad Alessandro.

«Tranquilla Francesca, è una bambina molto bella e dolcissima! Per me è stato un complimento!» disse Alessandro.

«Pensavamo non fosse sposata» disse Cristina.

«Infatti non sono sposata!» disse Francesca.

«E la bambina?» chiese Alessandro.

«Alessandro non siamo indiscreti! Ci sono anche le ragazze madri!» disse Cristina.

Francesca accompagnò Gioia all'asilo e poi andò al supermercato a fare un po' di spesa. Olga l'aspettava a casa.

«Francesca, che ne diresti di fare un picnic domenica?» disse Olga.

«Sì, sarebbe un'ottima idea! Chiamiamo anche Marta e il marito Luigi!» disse Francesca. Suonarono alla porta, andò ad aprire Olga «Come promesso sono venuto a salutarvi!» disse Paul.

«Esci! Altrimenti chiamo la polizia!» disse Francesca.

«Ho già scontato la mia pena, addirittura da innocente!» disse Paul sarcastico.

«Esci immediatamente!» urlò Olga.

Paul non sembrava affatto volere andare via, tutt'altro, entrò in casa e cominciò a guardarsi in giro e vide i giochi della bambina sparsi sul pavimento.

«Ho saputo che hai una bambina! È mia figlia vero?» disse Paul.

«Esci subito da questa casa!» disse Francesca.

«Ho il diritto di vedere mia figlia!» disse Paul avvicinandosi e tirandole i capelli.

«Lasciami, mi fai male!» urlò Francesca.

«Maledetto! Lasciala!» urlò Olga tirandolo per un braccio per cacciarlo fuori da casa. La porta era aperta e arrivò Alessandro.

«Cosa sta succedendo?» chiese Alessandro.

«Aiutaci!» disse Olga.

«Esca fuori subito da qui!» disse Alessandro strattonandolo.

«È il tuo nuovo amico? Sei una donnaccia! Una poco di buono!» urlò Paul. Alessandro gli tirò un pugno sul naso.

«Prenditela con me! Sei bravo a prendertela con le donne! Vergognati!» disse Alessandro cacciandolo da casa.

«Chiamo la polizia!» disse Olga.

«Io sono un poliziotto!» disse Alessandro.

«Pure poliziotto!» disse Paul.

«Chi è questo galantuomo!» chiese Alessandro sarcastico.

«È il mio ex compagno e purtroppo il padre di mia figlia!» disse Francesca.

«È appena uscito di prigione! In tribunale aveva promesso che appena sarebbe uscito di prigione sarebbe venuto a cercare Francesca!» aggiunse Olga.

«Bene, datemi tutti i dati di questo bell'imbusto!» disse Alessandro.

«Tu sei veramente un poliziotto?» chiese Francesca.

«Purtroppo per lui io sono un Ispettore di polizia!» disse Alessandro.

«Oh che bello! Siamo stanche di scappare per paura che lui ci trovi!» disse Olga.

«Bisogna tutelare anche la bambina!» disse Alessandro.

«Per fortuna sei arrivato, proprio in tempo!» disse Francesca.

«Veramente ero venuto a chiedervi di venire a pranzo a casa nostra! E se vi fa piacere, dopo portiamo Gioia al luna-park!» disse Alessandro.

«Grazie sei gentilissimo!» disse Francesca.

«Vi aspettiamo! A dopo!» disse Alessandro salutando.

Quarto capitolo

Gioia fu felicissima, giocò tutto il tempo con Alessandro. Dopo pranzo andarono al lunapark.

«Grazie Alessandro!» disse Gioia al settimo cielo.

«Proprio un bell'uomo! Dovresti farci un pensiero!» disse Olga a Francesca.

«Mamma! Un uomo così bello pensi che non sia già occupato?» disse Francesca.

Il cellulare di Alessandro squillò, lui si allontanò di poco da loro ma Francesca sentì la conversazione.

«Caterina cosa vuoi? È finita fra noi!» disse Alessandro interrompendo la chiamata. Il cellulare continuò a squillare continuamente e lui lo spense. Comprò il gelato a Gioia.

«È proprio bella questa bambina!» disse Cristina.

«Sì!» disse Alessandro incupendosi, «Forse è meglio tornare a casa!» disse cambiando tono della voce. Per tutto il tragitto del ritorno a casa, Alessandro non disse una parola. Gioia dormiva sulle ginocchia di Olga.

«Grazie della bella giornata!» disse Francesca.

«Ciao, ci vediamo!» rispose Alessandro freddo.

«È cambiato di umore, senza alcun motivo!» disse Francesca.

«Avrà i suoi buoni motivi! Ha ricevuto quella telefonata, da quel momento ha cambiato atteggiamento!» disse Olga.

«Fatti suoi!» disse Francesca.

Quinto capitolo

Francesca arrivò in ritardo a lavoro.

«Marta, tutto bene in reparto?» chiese Francesca.

«Hai le occhiaie Francesca!» disse Marta.

«Sì, ho problemi d'insonnia!» rispose Francesca.

«Non sarà perché Paul è uscito dalla prigione?» chiese Marta abbassando il tono della voce per non farsi sentire dalle altre colleghe.

«Sì anche! È venuto a casa a cercarmi e mi ha minacciata!» disse Francesca.

«Ha appena scontato la sua pena e già ricomincia? Chiamo mio marito!» disse Marta componendo il numero di Luigi.

«Tranquilla Marta! Da poco vicino a casa mia abita un Ispettore di polizia! Si è trovato lì quando Paul mi minacciava ed è intervenuto!» disse Francesca.

«Bene capo! Questi sono i farmaci che mancano, ti ho preparato l'elenco! Devi solo compilare la richiesta per la farmacia!» disse Marta.

«Grazie Marta! Meno male che ho un'amica come te!» disse Francesca. Francesca telefonò a Olga per dirle di andare a prendere lei Gioia e che doveva trattenersi al lavoro più del dovuto perché aveva del lavoro arretrato.

«Francesca, ti aiuto?» chiese Marta.

«No grazie Marta! Vai tranquillamente a casa!» rispose Francesca. Francesca inserì il carico-scarico dei farmaci sul computer. Andò al distributore del caffè e prese un espresso, quando vide arrivare una coppia che litigava.

«Mi sono pentito di averti sposato!» disse l'uomo.

«Ma che ti ho fatto? Solo perché ho dimenticato di stirarti la camicia!» rispose la donna singhiozzando.

«Dovevo dartene di più! Poche te ne ho date! Guai se al pronto soccorso racconti quello che è successo! Devi dire che sei caduta dalle scale!» grignò l'uomo. La donna aveva l'occhio destro nero. Francesca si avvicinò: «Senta signora, non si faccia intimorire! Se spera che lui cambierà, non cambierà mai!» disse Francesca.

«Cosa sta farneticando, signora?» disse l'uomo.

«Io gli uomini come lei li conosco benissimo purtroppo! Lasci in pace la signora! Si vergogni!» disse Francesca. La signora la guardò spaventata, tremava come una foglia ma si vedeva che era completamente succube di quell'uomo.

"Quella signora mi ricorda com'ero io qualche anno fa!" si disse Francesca. Dopo un'oretta scese in pronto soccorso e chiese al medico di turno cosa avesse dichiarato la signora.

«Francesca, la signora ha dichiarato che è caduta dalle scale!» disse Albert, il medico di turno.

«Non è così! Li ho sentiti con le mie orecchie!» disse Francesca.

«Francesca, se non ha il coraggio di denunciarlo, non puoi farci niente!» disse Albert.

«Per te quei lividi sull'occhio sono stati provocati da una caduta dalle scale?» disse Francesca.

«Secondo me no! Francesca, devi rimanere distaccata! Non puoi ogni volta, farne una malattia!» disse Albert. Albert era un medico di trentacinque anni, non molto bello ma aveva il suo fascino, l'aveva corteggiata da quando era solo un'allieva infermiera ma lei aveva preferito Paul.

«Francesca quando usciamo insieme?» chiese Albert.

«Albert! Ogni occasione è buona per ricominciare a chiedermi di uscire con te!» disse Francesca sorridendo.

«Senza impegno, anche solo per un caffè!» disse Albert.

«Va bene! Facciamo stasera, per una semplice pizza!» disse Francesca. Francesca aveva chiamato un meccanico che non voleva saperne di partire, quei giorni era andata a lavoro con l'autobus.

«Signora!» disse il meccanico, un uomo grassottello con una tuta piena di grasso di macchine, «Lei è rimasta senza benzina!» disse l'uomo guardandola in modo strano.

«Senza benzina? Ne è sicuro?» disse Francesca.

«E sì signora!» disse l'uomo, «Come siamo ridotti, voi donne non riuscite a capire quando la macchina ha un guasto, o quando semplicemente ha finito la benzina!» disse l'uomo.

«Guardi, può succedere a tutti, non solo a noi donne!» disse Francesca.

«Signora! Io ho perso tempo a venire da lei! Ora chi mi paga?» disse l'uomo scocciato.

«Non si preoccupi, mi dica quanto le devo!» disse Francesca. L'uomo andò via borbottando fra i denti qualcosa sul capello lungo, "Maschilista!" si disse Francesca.

Si vestì molto semplice, indossò un paio di pantaloni di lino bianchi, camicia rossa con una scollatura sul seno e un paio di scarpe rosse con il tacco alto, "Non voglio che si faccia false illusioni!" si disse Francesca cercando di non mostrare le forme generose del suo corpo. Francesca era una ragazza alta 1,68 cm, non era in sovrappeso ma era molto formosa, aveva il seno abbondante, una quarta misura, e neanche i fianchi non erano da meno, per questo usava dei maglioncini larghi e lunghi per mascherare un po' le sue forme che ricevevano immancabilmente degli apprezzamenti, a volte anche fastidiosi come fischi ed esclamazioni. Albert arrivò a prenderla con la sua Maserati.

«È un buon partito anche!» disse Olga.

«Mamma! Sei alle solite, non m'interessa!» disse Francesca.

«Perché esci con lui allora? Lo vuoi illudere?» disse Olga con le mani sui fianchi.

«Ciao mamma, a dopo! Ti voglio bene! Se si sveglia Gioia chiamami, io non voglio rientrare molto tardi!» disse Francesca.

«Vai tranquilla!» disse Olga.

Andarono in un locale lussuoso.

«Albert, ho detto una semplice pizza!» disse Francesca.

«Ho aspettato tanto che accettassi di uscire con me! E ti porto in una pizzeria?» disse Albert.

«Albert! Sono vestita semplicemente, credendo che dovessimo andare in una pizzeria!» disse Francesca.

«Sei bellissima!» disse Albert cercando di avvicinarsi per baciarla, ma Francesca lo allontanò.

«Albert, sono stata molto chiara!» disse Francesca.

«Scusami!» disse Albert.

Il locale era gremito di gente, tutti ben vestiti, "Questo mondo non è per me!" si disse Francesca. Si accomodarono in un tavolino, accanto a un caminetto acceso, c'era un caldo piacevole visto che era ottobre inoltrato. L'atmosfera era molto piacevole, sui tavolini erano accese le candele, "Ho sbagliato a uscire con Albert, anche a lume di candela!" si disse Francesca.

«Albert, io sono stata molto chiara! Adesso anche la candela!» disse Francesca.

«Guarda gli altri tavoli, sono tutte accese! Non l'ho chiesto io!» disse Albert.

«Non direi che questo ristorante sia adatto a due colleghi di lavoro!» disse Francesca.

«Non direi!» disse Albert ridendo, «Francesca, non ti piaccio neanche un po'?» chiese Albert.

«Albert!» disse Francesca.

Accanto a loro c'era una coppia che parlava animatamente, «Sembra che litighino quei due!» disse Albert. Francesca riusciva a vedere bene solo la donna, era molto carina, aveva i capelli rossi e ricci e gli occhi di un verde bellissimo; l'uomo le dava le spalle, sembrava ascoltare la ragazza ma non riusciva a parlare, parlava sempre lei. Francesca si alzò per andare in bagno e passò accanto alla coppia, era curiosa di vedere che viso avesse quell'uomo misterioso. "No! È Alessandro!" si disse Francesca facendo di tutto per non essere vista da lui, ma inciampò e stava quasi per cadere, "Io con i tacchi non vado molto d'accordo!" si disse Francesca che aveva già il viso in fiamme per la figuraccia.

«Ciao Francesca!» disse Alessandro.

«Ciao Alessandro!» rispose Francesca.

«Eleonora, lei è Francesca, la mia vicina di casa!» disse Alessandro.

«Piacere!» disse Eleonora che la guardava dall'alto in basso.

«Sì, sono la vicina di casa!» disse Francesca.

«Io sono la fidanzata di Alessandro!» disse Eleonora come se volesse marcare il suo territorio.

«Buona continuazione!» disse Francesca andandosene.

"Che tipa! Non mi piace il tuo Alessandro, stai tranquilla!" si disse Francesca e invece no, le piaceva eccome e le dava fastidio vederlo con quella smorfiosa.

«Tutto bene?» chiese Albert.

«Un po' di mal di stomaco!» disse Francesca.

«Sono un medico! Da quando hai il mal di stomaco?» disse Albert.

«Albert sarà un virus! Ha chiamato mia madre, Giada si è svegliata! Preferirei rientrare!» disse Francesca trovando una scusa per andare via.

«Francesca stai andando via? Presentaci il tuo amico!» disse Alessandro.

«Sì, andiamo via! Giada si è svegliata! Vi presento Albert, lavora con me!» disse Francesca.

«Ah piacere, lei è un infermiere?» chiese Alessandro.

«No sono un medico, lavoro al Pronto soccorso!» disse Albert.

«Scusate, ma adesso Albert dovremmo proprio andare!» disse Francesca nervosa.

Albert la accompagnò vicino alla porta di casa e cercò di nuovo di baciarla, «Albert, ecco perché non volevo uscire con te!» disse Francesca.

In casa era tutto buio, entrò senza fare rumore per non svegliare Olga e la bambina, fece una doccia calda e mise un pigiama rosa trasparente. Guardò un po' la televisione, quel silenzio le sembrava molto strano, di solito sua madre aspettava di andare a dormire, l'aspettava sveglia. Salì in camera, nel lettino Olga stava dormendo.

«Mamma, sono rientrata!» disse Francesca.

«Francesca, avevo sonno! Ero tranquilla perché eri uscita con Albert che è un bravo ragazzo» disse Olga.

«Mamma, non ti devi giustificare hai per non avermi aspettata sveglia! Sono adulta e so cavarmela!» disse Francesca.

«Gioia l'ho messa a dormire nella sua culla nella tua stanza! Non sì è svegliata per niente! Ha dormito tranquillamente!» disse Olga.

«Buonanotte mamma! Vado a dormire e a controllare la mia piccola!» disse Francesca. Si sentì un urlo.

«Francesca! Cosa urli? Sveglierai Gioia!» disse Olga.

«Mamma, non trovo Gioia!» disse Francesca.

«Magari si è svegliata e non trovandoti ti starà cercando in casa!» disse Olga.

«Gioia! Gioia!» chiamarono ma la bambina non rispondeva.

«Starà giocando a nascondino! Lo fa sempre, non risponde quando la chiamiamo e poi esce ridendo!» disse Olga.

«Mamma, Gioia non c'è in casa!» disse Francesca.

«Chiamiamo Alessandro!» disse Olga piangendo, Francesca non se lo fece ripetere e andò a chiamarlo.

«Cristina, c'è Alessandro?» chiese Francesca agitata.

«Entra Francesca! Cosa è successo? Alessandro non è tornato ancora!» disse Cristina.

«È sparita Gioia!» disse Francesca.

Si aprì la porta, era Alessandro «Mamma, sono rientrato!» gridò Alessandro.

«Alessandro!» urlò Francesca andandogli incontro.

«Francesca che ci fai qui? E mettiti qualcosa addosso!» disse Alessandro guardando il pigiama trasparente.

«Alessandro!» disse Cristina.

«Che c'è?» chiese Alessandro guardando prima l'una e poi l'altra.

«Gioia è sparita!» disse Francesca fra le lacrime.

«Sparita? Cosa intendi con sparita?» chiese Alessandro.

«Sono tornata dal ristorante e non c'era la bambina!» disse Francesca.

«Ma perché alcune madri fanno i figli, per poi lasciarle da sole per andare a divertirsi? Me lo chiedo spesso!» disse Alessandro guardandola in malo modo.

«Mi stai offendendo! Mi vuoi aiutare? Se no chiamo la polizia!» disse Francesca agitata.

«Ho espresso semplicemente quello che penso! Comunque raccontami tutto nei minimi particolari!» disse Alessandro.

«Gioia dormiva nella sua culla, mia madre di solito mi aspetta sveglia, ieri invece si è addormentata e dormiva nella sua stanza!» disse Francesca.

«Quindi sei solita lasciare tua figlia da sola?» chiese Alessandro.

«Io lascio mia figlia con mia madre non da sola, di solito nelle ore che sono al lavoro!» rispose Francesca arrabbiata.

«Sei sempre sulla difensiva?» chiese Alessandro.

«No, solo se mi accusano di essere una cattiva madre! Io darei la vita per mia figlia!» urlò Francesca uscendo dalla loro casa, Alessandro la seguì.

«È tuo interesse raccontarmi tutto quello che è successo stasera!» disse Alessandro freddamente.

«Alessandro! È tutta colpa mia! Non mi sono accorta di niente!» disse Olga.

«Cerchiamo di tenere i nervi saldi, non è colpa di nessuno! Olga cosa è successo questa sera?» disse Alessandro.

«Francesca e Albert erano appena andati via, Gioia si era addormentata sulle mie gambe, l'ho portata di sopra nella sua culletta. Sono andata a fare una doccia e a prepararmi una camomilla e poi mi sono sdraiata sul mio letto e mi sarò addormentata, non ricordo più niente, fino a quando è tornata Francesca e il resto lo conosce già!» disse Olga.

«Veramente io non conosco niente!» disse Alessandro e andò al piano superiore.

«Che ha?» chiese Olga.

«Non so, mi ha accusato di essere una cattiva madre!» disse Francesca singhiozzando.

«Come si permette?» disse Olga.

«In questo momento non ha molta importanza! Forse ha proprio ragione!» disse Francesca.

«Francesca non te la prendere, lui parla così perché...» disse Cristina che fu interrotta da Alessandro che la guardò malissimo.

«Mamma, chiudi quella bocca!» disse Alessandro.

«Scusa caro!» disse Cristina.

"Cosa voleva dire Cristina prima che venisse interrotta bruscamente da Alessandro?"si chiese Francesca.

«Qualcuno è salito tranquillamente al piano superiore, è entrato dall'entrata principale! Non c'è nessun segno di scasso!» disse Alessandro che intanto chiamava la centrale per denunciare l'accaduto. «Quindi mie care signore o questa persona ha le chiavi, o gli ha aperto qualcuno da dentro!» disse Alessandro.

«Ma non ho aperto a nessuno!» disse Olga.

«Francesca, quel medico, come si chiama? Ah sì, Albert, che rapporti hai con lui?» chiese Alessandro.

«Cosa c'entra Albert, ora?» disse Francesca, «È un medico che lavora al pronto soccorso, è un bravo ragazzo! È stato con me stasera...» disse Francesca che fu interrotta bruscamente da Alessandro.

«Francesca non scenda nei particolari! La sua vita sessuale non mi riguarda!» disse Alessandro sarcastico.

«Stai esagerando!» disse Francesca. Suonarono alla porta, erano colleghi di Alessandro, fra di loro c'era anche un poliziotto donna.

«Ciao Alessandro, chi non muore si rivede! Ti ho cercato al cellulare, non mi rispondi mai!» disse la donna.

«Ciao Rita, sono molto impegnato! Ora pensiamo a lavorare!» ordinò Alessandro.

«Alessandro, qui c'è un fazzoletto impregnato di una sostanza chimica!» disse Richy.

«È etere!» disse Alessandro annusando il fazzoletto, «Dove l'avete trovato?» chiese Alessandro.

«Nella stanza da letto con due lettini singoli!» disse Richy.

«È la mia stanza!» disse Olga.

«Ecco perché Olga, ti sei addormentata! Ti hanno addormentata con l'etere!» disse Alessandro.

«Ma chi? Come sono entrati? Nessuno ha le chiavi tranne io e Francesca!» disse Olga.

«E quel Paul?» chiese Alessandro.

«Oh mio Dio! L'ha presa lui!» disse Francesca.

«Come fai a esserne certa, che l'abbia presa lui?» disse Alessandro.

«Lui ha sempre detto che sarebbe tornato, una volta uscito di prigione e me l'avrebbe fatta pagare!» disse Francesca.

«Ha le chiavi di questa casa?» chiese Alessandro.

«No!» disse Francesca.

«Noi abbiamo comprato questa casa, quando Francesca era ancora incinta di Gioia!» disse Olga.

«Quindi se lui non ha le chiavi, come avrebbe fatto a entrare?» chiese Alessandro.

«Un attimo, noi abbiamo un mazzo di chiavi in più, in casa nel caso una di noi due ne rimanesse sprovvista perdendole!» disse Francesca e andò a controllare nel cassetto che si trovava all'ingresso, «Non ci sono!» disse Francesca.

«Sei sicura che fossero qui?» chiese Alessandro.

«Sì! Erano su questa credenza!» disse Francesca.

«Controllate bene, magari qualcuna di voi le ha spostate di posto!» disse Rita.

«No, non le abbiamo spostate! Non ne avevamo motivo, ognuna di noi due ha un mazzo di chiavi! Sono sempre state qui!» disse Olga.

«Noi per abitudine mettiamo ogni cosa in un posto ben preciso, anche per evitare di perdere qualcosa e cosi facciamo anche per le chiavi!» disse Francesca.

«E allora quando è venuto l'altro giorno per minacciarti le avrà prese da qui!» disse Alessandro e diede degli ordini ai suoi poliziotti, «Cercate sui terminali i dati di questo signor Paul Schese, è appena uscito di prigione, cercate un indirizzo di domicilio!» disse Alessandro a Rita e a Richy.

Francesca e Olga infilarono una giacca sul pigiama e rimasero sveglie per tutta la notte. Alessandro chiamò la polizia scientifica e i cani molecolari, «Ho bisogno di un indumento della bambina!» disse Alessandro. Olga prese il pigiamino della bambina e incominciò a piangere, «Dovete calmarvi! La ritroveremo!» disse Alessandro. Rita intanto interrogava i vicini.

«Alessandro c'è qui un'anziana signora, ha da dirci qualcosa d'interessante!» disse Ricky.

«Buonasera capitano!» disse l'anziana signora che non sembrava molto lucida.

«Non sono capitano signora, sono un Ispettore!» disse Alessandro.

«Sì capitano, per me è uguale! Assomiglia all'attore che ha fatto "L'ufficiale gentiluomo" disse la nonnina.

«Signora mi dica cosa ha da dirmi sulla bambina scomparsa?» chiese Alessandro.

«Sì le dico tutto quello che ho visto, perché mia madre se non rientro presto si preoccupa!» disse l'anziana signora.

«Sua mamma?» chiese Rita.

«Lei quanti anni ha, signora?» chiese Ricky.

«Ho venti anni, per caso vuole propormi di sposarla?» disse la signora.

«Dove l'avete trovata!» disse Alessandro.

«Giovanotto! Io ho visto un camioncino rosso fermarsi questa sera erano le 23. È sceso dal camioncino, era alto quanto lei» disse l'anziana signora ad Alessandro.

«Ti ricordi qualcos'altro?» chiese Rita.

«Signora lo sa che è maleducazione interrompere una vecchina come me? E poi mi offende, come si permette a mettere in dubbio la mia memoria di ferro!» disse la donna, «Era un uomo alto come il caporale, biondo e ha aperto la porta lui da qui, guarda giovanotto» disse l'anziana a Ricky, «La bimba la conosco bene, io abito... guardi lì di fronte, in quella villetta con mio figlio! La conosco perché la vedo tutte le mattine quando la sua mamma la porta a scuola! E stasera piangeva e chiamava la sua mamma!» disse la signora.

«Grazie signora, se ricorda qualcos'altro ce lo faccia sapere!» disse Alessandro.

«Sei proprio un bel ragazzo ma si vede che sei diffidente! Chi ti ha fatto soffrire?» disse l'anziana ad Alessandro.

«Signora ora fa anche la veggente?» disse Alessandro.

«Ti dirò anche, ufficiale gentiluomo, che incontrerai una donna che curerà tutte le tue ferite! Hai perso un figlio...» disse l'anziana che fu interrotta bruscamente da Alessandro.

«Signora sta farneticando! Fatela andare a casa! Rita!» gridò Alessandro.

«Stai soffrendo! Povero ufficiale gentiluomo!» disse l'anziana che veniva accompagnata da Rita a casa. Era sceso un silenzio pesante, Cristina sembrava sconvolta da quello che aveva appena sentito, «È una vecchia con problemi mnesici, e avrà anche problemi di allucinazioni!» disse Alessandro.

Francesca era rimasta colpita da quello che aveva appena sentito dalla bocca dell'anziana signora, "Se fosse vero quello che aveva appena detto quella vecchietta! Aveva perso un figlio!" pensò sconvolta Francesca. L'indomani Francesca uscì a prendere una boccata d'aria, fuori casa c'erano dei giornalisti televisivi che cominciarono a farle delle domande.

«Signora, si hanno notizie su vostra figlia? Povera bambina, avete idea di chi l'abbia rapita?» chiese un giornalista con gli occhiali spessi.

«Signora, ma secondo lei può essere stato il suo ex compagno e padre di sua figlia?» chiese una donna paffutella cui odorava l'alito di mentina.

«Basta! Non ho niente da dire!» disse Francesca nervosa, rientrando a casa.

«I cani molecolari, portano tutti a un capannone abbandonato che si trova nascosto dietro un canneto enorme! Siamo arrivati quando ci hanno chiamati, la bambina è stata portata lì! Poi avranno sentito arrivare i cani e sono scappati con un furgoncino! Dagli pneumatici sull'asfalto abbiamo capito che si tratta di un Ducato!» disse Alessandro.

«Dove sta mia figlia?» urlò Francesca cedendo a una crisi isterica.

«Devi tenere i nervi saldi! La bambina quando ti rivedrà avrà bisogno della tua sicurezza!» disse Rita.

«È facile dirlo! Ma perdere un figlio!» disse Francesca.

«Lo so che non è facile ma bisogna tenere i nervi saldi!» disse Rita.

«Comunque non è un uomo soltanto! Con lui c'è una donna! Nel capannone su una tazza c'era la macchia di rossetto rosso!» disse Alessandro.

«Una donna!» disse Francesca.

«Sì c'è una donna!» ripeté Alessandro.

Suonarono alla porta, era di nuovo l'anziana signora.

«Di nuovo lei?» disse Alessandro nervoso.

«Ehi giovanotto! Mi ha detto lei che se avessi ricordato qualcos'altro dovevo venire a dirglielo!» disse la signora.

«Signora mi dica!» disse Alessandro esasperato.

«Io mi chiamo Natalina! E sì, cosa dovevo dirti! Sì, ricordo che con quell'uomo c'era una donna che lo aspettava nel furgone!» disse Adelaide.

«Sei sicura?» chiese Francesca.

«Sì signorina! E tu chi sei? Non sei una poliziotta vero?» disse Adelaide.

«Sono la mamma della bambina scomparsa!» disse Francesca.

«Ah... ecco tu sei la donna che guarirà il cuore dell'ufficiale gentiluomo!» disse Adelaide.

«Questa signora non è affidabile! Come si fa a darle retta, se continua a vaneggiare!» disse Alessandro.

«Giovanotto non vaneggio! Guardi cosa ho per dimostrarle quello che ho visto!» disse Adelaide ed estrasse dalla borsa un orsetto di peluche.

«È Teddy! È l'orsetto di Gioia, non se ne separa mai! Dorme abbracciata a questo peluche!» disse Francesca fra le lacrime.

«Sì, alla bambina è caduto mentre la mettevano nel furgoncino!» disse Adelaide.

«Perché non ce l'ha dato prima?» chiese Alessandro.

«Giovanotto, io ho problemi di memoria!» disse Adelaide.

«Portatela via o mi farà arrabbiare!» disse Alessandro a Ricky e a Rita.

«Andiamo signora, la ringraziamo!» disse Ricky.

«Ma è sempre cosi scontroso? Peccato perché è un bell'uomo, gli farei volentieri la corte!» disse Adelaide all'orecchio di Rita.

«Sì è proprio bello!» rispose Rita.

«Piace anche a te, vero? Ma quell'uomo è un donnaiolo!» disse Adelaide guardandolo male.

Sesto capitolo

Alessandro consegnò l'orsetto della bambina agli uomini con i cani molecolari.

«Abbiamo trovato qualcosa! Roger corri!» disse Steve, un ragazzo con il cane molecolare.

«Cosa? Arriviamo!» rispose Roger che correva con il suo cane.

«Chi è lei?» chiese Steve a una donna che era nascosta dietro un cespuglio, era tutta sporca di fango e aveva la gamba sinistra grondante di sangue.

«Sono stata aggredita da un uomo incappucciato!» disse la signora.

«È da sola?» chiese Steve.

«Sì, l'uomo vi ha sentiti arrivare ed è scappato!» disse la donna.

Whisky, il cane di Steve, ringhiava contro la donna.

«Whisky, stai buono!» disse Steve mentre guardava la donna insospettito.

«Biscotto!» urlò Roger verso il suo cane che ringhiava contro la donna. Steve si avvicinò e controllò bene, vicino alla donna vide un braccialetto in oro con una targhetta "Gioia".

«Dov'è la bambina?» chiese Steve.

«Ma di cosa parla! Quale bambina? Io le ho appena detto che sono stata aggredita da un uomo incappucciato!» disse la donna.

«Biscotto! Dove vai?» disse Roger correndogli dietro.

«Mio Dio, Steve!» disse Roger.

«L'ho trovata! Chiama i soccorsi! E fai arrestare questa donna!» disse Roger. Arrivò l'elicottero di soccorso, vista la fitta presenza di alberi. Alessandro insieme a Francesca e Olga si recarono all'ospedale dove stavano portando la bambina.

«Come sta?» chiedeva Francesca piangendo.

«Sta bene! Disidratata!» disse un medico.

«Fatemela vedere!» disse Francesca.

«Sì signora! La bimba piange che cerca sua madre!» disse il dottore che la fece accompagnare alla bambina da una infermiera.

«Ispettore, devono essere persone senza scrupoli e senza cuore! La bimba ha bevuto pochissimo! Se aveste tardato a trovarla, le sarebbe stato letale!» disse il medico ad Alessandro.

«Gliela farò pagare! Bestie!» disse Alessandro.

«Se può fargliela pagare lo faccia! La bimba ha solo quattro anni! E poi, per quale motivo tanta crudeltà? Per un riscatto?» disse il medico.

«Vendetta!» disse Alessandro stringendo i pugni.

«Alessandro! Dov'è la bambina?» chiese Olga che era appena arrivata.

«Sta bene, l'hanno fatta morire di sete!» disse il medico.

«Che dolore deve essere per un genitore perdere un figlio! Non vorrei mai vivere una tragedia del genere!» disse il medico.

«Glielo posso assicurare, è doloroso perdere un figlio! Non lo auguro al peggiore nemico! Io ne so qualcosa!» disse Alessandro con gli occhi arrossati.

«Ora sto ricordando! Non ricordavo dove l'avessi vista! Lei è l'ispettore Alessandro Rossi!» disse il medico guardandolo.

«Sì, sono proprio io!» disse Alessandro.

«È venuto proprio in questo ospedale! Aveva il suo bambino di due anni in braccio e urlava che lo aiutassimo! Il bimbo, Thomas giusto? Sì Thomas, rimase in coma farmaceutico ventiquattrore e poi è deceduto!» disse il medico.

«Sì, mio figlio è morto!» disse Alessandro piangendo.

«È stata la sua compagna, Caterina Spina! Era con l'amante e non si è accorta che il bambino era affacciato sulla ringhiera del balcone al terzo piano e il bambino è caduto giù!» disse il medico.

«Dottore conosco benissimo i particolari! Le assicuro, non è per niente facile per me rivivere quei momenti!» disse Alessandro andando verso la stanza dove si trovava Gioia, quando vide Francesca che aveva sentito tutto.

Alessandro abbassò la testa e senza dirle niente entrò nella stanza della bambina.

«Papà! Sei tu che mi hai salvato dagli uomini cattivi! Sei il mio Angioletto!» disse Gioia.

«Sono il tuo angioletto?» disse Alessandro commuovendosi all'abbraccio di Gioia.

«Sì papà! La suora dell'asilo, suor Matilda, dice che ognuno di noi ha un Angelo, che ti sta vicino e ti aiuta nel momento di pericolo! Quindi tu sei il mio Angelo!» disse Gioia buttandogli le braccia al collo e baciandolo. «Posso chiamarti papà? E fai la barba che mi pungi, così mi puoi dare tanti baci!» disse la bimba con un grande sorriso.

«Sì, chiamami papà» disse Alessandro baciandola sulla fronte. Gioia si addormentò con il suo orsetto Teddy.

«Grazie Alessandro!» disse Francesca.

«Io vado, dobbiamo trovare Paul!» disse Alessandro.

«Io rimango qui con Gioia» disse Francesca.

«Ci vediamo domani mattina, verrò presto!» disse Alessandro tirandosela a sé e baciandola.

Settimo capitolo

Francesca era troppo felice per riuscire ad addormentarsi, nonostante fosse sfinita! Era felice di avere di nuovo tra le sue braccia la sua bambina, era felice per il bacio che le aveva dato Alessandro. Non gli importava più niente dei loro contrasti, delle loro incomprensioni, era felice e le bastava. Scese giù ai distributori del caffè e bevve un caffè macchiato, aveva bisogno di una bevanda calda, anche se il suo cuore in quel momento lo sentiva caldo. Pensò alle parole che aveva detto il dottore ad Alessandro. Ad Alessandro era morto un figlio di due anni! "Ecco perché era tanto arrabbiato con lei quando Gioia era stata rapita! La sua compagna era occupata a fare altro quando il bambino è precipitato giù dal balcone della loro casa!" pensò Francesca. Tornò dalla sua bambina, ora che l'aveva ritrovata non la voleva lasciare neanche per un minuto. Alessandro tornò a trovarle in ospedale alle sei.

«Francesca abbiamo arrestato Paul e la sua amica! Le accuse sono di sottrazione di minore, di rapimento e di maltrattamenti alla bambina!» disse Alessandro.

«E chi era quella donna?» disse Francesca.

«Sì era una pregiudicata, era stata in prigione lo stesso periodo di Paul! Si ritrovavano fuori nel cortile della prigione alla pausa! E sembra che si erano promessi grande amore! Altroché grande amore, li sbatto in prigione e butto via le chiavi! Devono marcire là dentro fino alla fine dei loro giorni!» disse Alessandro.

Nella stanza entrò il dottore: «La barbie può uscire!» disse il dottore.

«Uau!» urlò Gioia.

«Sei felice principessina?» chiese Alessandro.

«Sì, però voglio stare con la mia mamma e il mio papà!» disse Gioia con una voce a cui non potevi rispondere di no.

«Tesoro, tu non hai un papà!» disse Francesca.

«Alessandro è il mio papà!» disse Gioia piangendo.

«Non piangere piccoletta! Se vuoi sarò il tuo papà!» disse Alessandro.

«Certo che voglio, che domanda papà!» disse Gioia che saltava sul letto.

«Finirai per farti male! Ferma!» disse Francesca.

Ottavo capitolo

Nei giorni seguenti, la vita tornò alla solita normalità. Francesca prese un periodo di aspettativa non retribuita, per trascorrere più tempo vicino alla bambina. Alessandro era impegnatissimo con il suo lavoro, passava a trovarle la sera al rientro da lavoro. Sembrava più freddo e più distante nei suoi confronti, come se non fosse mai successo niente fra di loro, o forse si era solo illusa, era stato solo un semplice bacio.

«Mamma, perché Alessandro non viene a dormire qui da noi? Le mie amichette dormono con il loro papà!» disse Gioia.

«Gioia, Alessandro non è il tuo papà!» disse Francesca.

«Mamma perché sei così cattiva?» disse Gioia fra le lacrime.

«È ora di dormire, ne riparliamo domani, va bene tesoro?» disse Francesca.

Francesca andò a fare una doccia, Olga era già a dormire.

«Gioia stai dormendo?» disse Francesca, "Piccoletta mia si è già addormentata!" si disse Francesca, si avvicinò alla culla per darle un bacio, «Gioia! Non scherzare, giochiamo domani a nascondino!» disse Francesca. «Mamma! È lì da te Gioia?» disse Francesca.

«Francesca cosa è successo?» disse Olga.

«Mamma, non trovo Gioia!» urlò Francesca, scesero al piano di sotto, la porta era aperta, «No! È uscita, fuori fa freddo! Tutta colpa mia! Le ho detto che Alessandro non è suo padre!» disse Francesca e uscì fuori per andare a suonare alla porta di Alessandro.

«Francesca! Entra pure! Sei in accappatoio!» disse Alessandro.

«Gioia è sparita di nuovo! È colpa mia, ho detto che tu non sei suo padre! E si è arrabbiata!» disse Francesca tremando.

«Gioia è qui! È venuta a cercarmi e la mamma le ha preparato una cioccolata! Io stavo venendo ora a dirtelo!» disse Alessandro.

Entrò nella sala, sul divano c'erano sedute Gioia che stava bevendo la sua cioccolata, Cristina che la stava coccolando ed Eleonora vestita con un vestito che non lasciava nulla all'immaginazione.

«La tua vicina, Francesca!» disse Eleonora con una voce stridula.

«Gioia! Non devi farlo più!» disse Francesca.

«Mamma io voglio restare con Alessandro! Lui è il mio papà!» disse Gioia.

«Gioia, non fare capricci! Andiamo a dormire!» disse Francesca.

«Finisce la sua cioccolata e viene a casa! Giusto Gioia?» disse Alessandro.

«No! Allora tu vieni a casa nostra! O noi ci trasferiamo da te!» disse Gioia.

«Che bel quadretto!» disse Eleonora disgustata.

«Andiamo Gioia!» disse Francesca prendendola in braccio.

«Alessandro, vieni tu!» disse Gioia singhiozzando.

«Vengo domani mattina a trovarti, promesso!» disse Alessandro.

Francesca e Gioia andarono via, «Ma che c'è fra te e quella gatta morta della tua vicina?» chiese Eleonora.

«Non ti riguarda!» rispose Alessandro.

«Non mi riguarda! Stiamo insieme oppure no?» disse Eleonora.

«Se ti sta bene, se no puoi interrompere quando vuoi il nostro rapporto!» disse Alessandro.

«Brutto schifoso!» urlò Eleonora tirandogli un ceffone.

«Non ti permettere mai più di alzarmi le mani!» disse Alessandro afferrandole la mano.

«Ma credi di essere l'unico uomo al mondo?» disse Eleonora.

«Non vorrei essere scortese ma ora vorrei andare a letto! Buonanotte, anzi addio!» disse Alessandro.

«Sei un cafone, presuntuoso, egoista, narcisista... e non mi vedrai mai più!» disse Eleonora e uscendo sbatté la porta.

Nono capitolo

Francesca decise di fare una vacanza con Olga e Gioia, e partirono per Santa Maria di Leuca. Una decisione presa all'improvviso dalla notte al giorno, per rilassarsi un po', per stare sola con la sua bambina, per ritrovare se stessa. Una cosa era ben chiara nella sua confusione, era innamorata di Alessandro. Bisognava ammettere i suoi sentimenti, anche se erano senza speranza. Lui nei rapporti sentimentali non era molto stabile ed era stato molto chiaro su quello che pensava di lei, che era una cattiva madre.

A Leuca era tutto molto bello, il mare era meraviglioso, sembrava una tavola blu; la gente era molto cordiale. Presero in affitto una villetta vicino al santuario, intorno all'abitazione c'erano molti alberi di ulivo e dei meravigliosi roseti. Era veramente tutto incantevole, se ci fosse stato lì anche Alessandro. La sera, dopo cena, uscirono per una passeggiata sul lungomare. Gioia si fermò alle giostrine. Mentre Gioia era sulla giostra, Francesca e Olga si sedettero su una panchina in modo da avere sempre sotto controllo la bambina. Si avvicinò una vecchietta e si fermò a guardare Francesca. Francesca si sentì molto a disagio e imbarazzata, "Cosa avrà da fissarmi quella vecchietta?" si chiese Francesca. Come se avesse indovinato il suo pensiero, la signora le si avvicinò.

«Scusami cara, non volevo metterti a disagio» Assomigli molto a mia nipote Angela che è morta due anni fa in un incidente con la moto, era insieme al suo fidanzato!» disse l'anziana signora.

«Mi dispiace!» disse Francesca prendendole la mano.

«Grazie cara! Si legge nei tuoi occhi che sei una brava ragazza! Hai un cuore grande, che in questo momento sta soffrendo! Per un uomo, vero?» disse la signora.

«È normale soffrire per amore!» rispose Francesca cercando di chiudere l'argomento.

«Sì! È normale soffrire per amore! Ma tu ami lui e lui soffre, è in cerca della sua pace interiore! Se non la troverà voi due non...» disse la signora che fu interrotta bruscamente da Francesca.

«Signora per favore! Non vorrei essere scortese, la smetta di parlare a vanvera! Io non le do un soldo! Si vergogni a inventare la storia della nipote morta per commuovermi! C'ero quasi cascata!» disse Francesca arrabbiata.

La vecchia se ne andò parlando in dialetto latino.

«Che sta blaterando?» disse Francesca arrabbiata.

«Sta dicendo che sei bella ma diffidente! È la tua sfiducia nelle persone che allontana gli uomini che ti hanno amata e che ti amano!» disse una signora che era rimasta lì a guardare tutta la scena.

«Caspita! Ne ha di fantasia, quella donna!» disse Francesca sarcastica.

«Guardi, non vorrei intromettermi ma la signora è del posto e la conosciamo tutti! Di solito non è invadente, tutt'altro!» disse la donna.

«A me sembra che è fuori come un balcone!» disse Francesca.

«Balcone! Non ha balconi! Comunque a quella signora è morta veramente una nipote in un incidente in moto!» disse la donna scocciata e se ne andò via senza salutare.

«Ma sono tutti così strani qui?» disse Francesca.

Decimo capitolo

L'indomani si alzarono presto per andare in spiaggia, Gioia era tutta eccitata, non aveva mai visto la sabbia e si rotolò sopra il bagnasciuga.

«Gioia, la sabbia finirà anche in bocca e negli occhi! Fai attenzione!» disse Francesca ma Gioia era troppo felice per ascoltarla, non aveva mai visto il mare; erano andate in vacanza sempre nei villaggi turistici dove c'erano le piscine.

Si avvicinò un ragazzo: «Possiamo conoscerci!» disse guardando Francesca e fissandole i fianchi, effettivamente era molto carina, nonostante fosse molto magra e alta 1,68 cm, la natura era stata molto generosa con lei, aveva un seno di quarta misura e i fianchi larghi.

«Guardi non ho alcun interesse a fare la sua conoscenza!» disse Francesca che abbassò gli occhi per continuare a leggere il suo libro.

«Diamoci del tu!» continuò lui.

«Senta forse lei non sente bene da un orecchio! Le ho detto...!» disse Francesca e si interruppe, il ragazzo aveva steso il suo telo vicino al suo ombrellone e non ascoltava affatto quello che gli stava dicendo.

«È una spiaggia libera! Non è di sua proprietà!» disse il ragazzo per tutta risposta.

Francesca fece di tutto per ignorarlo e lui faceva di tutto per essere notato da lei. "Oh Gesù!" si disse Francesca, si stava spalmando la crema solare e si era messo di fronte a lei mostrando i pettorali, le braccia, con smorfie che a Francesca sembravano del cartone animato "Braccio di ferro!", le veniva da ridere, si trovava davanti a una scena stupida.

"Ma che modo ha di corteggiare questo manichino spalmato di olio e con i muscoli di Big Jim?" si chiese Francesca trattenendosi a fatica per non ridergli in faccia. Gioia uscì dall'acqua insieme a Olga.

«Lei è il marito di Barbie?» chiese la bambina, Francesca non riuscì più a trattenersi e scoppiò in una fragorosa risata, che fece voltare chi era presente vicino a loro.

«E lui? Lo conosci Francesca? È un nostro ospite? Voglio dire, l'hai invitato sotto il nostro ombrellone?» chiese Olga a Francesca e guardandolo come se vedesse un extraterrestre.

«No mamma! Il signore si è autoinvitato! Probabilmente qui si usa così!» disse Francesca.

«Mi presento, mi chiamo Oliviero!» disse il ragazzo.

"Ecco! Pure il nome è divertente! Sembrava un personaggio del circo!» si disse Francesca.

«Mamma te l'ho detto che è meglio Alessandro!» disse Gioia.

"Quando si dice che i bambini sono la bocca della sincerità!" si disse Francesca.

«Quindi sei sposata? Hai illuso il mio povero cuore!» disse il ragazzo allontanandosi trascinando l'asciugamano «Ah, le ragazze del nord! È vero il detto, donne e buoi dei paesi tuoi! Ha ragione mia nonna!» borbottò il ragazzo fra i denti.

«Forse è un po' fuori di testa!» disse Francesca.

«Già, lo credo anch'io che non ha tutte le rotelle a posto!» disse Olga.

«Spero che non mi capiti nient'altro! Prima la vecchia cartomante, adesso il ragazzo gonfiato con ormoni che fa esercizi del circo!» disse Francesca.

«Almeno ci hanno rallegrato la mattinata!» disse Olga.

Finì velocemente la settimana di vacanza e tornarono con l'aereo a casa. Arrivarono a casa nel tardo pomeriggio. Olga e Gioia dopo la doccia andarono a riposare, erano molto stanche, erano partite mattino presto dall'aeroporto di Brindisi. Francesca fece una doccia calda e si sdraiò sul divano davanti alla televisione. Suonarono alla porta e andò ad aprire, era Alessandro, sembrava arrabbiato.

«Dove siete andate a finire?» chiese Alessandro arrabbiato.

«Siamo andate in vacanza una settimana!» rispose Francesca cercando di mantenere la calma.

«Non mi avete detto niente! Ho pensato le cose più brutte! Che fosse successo qualcosa a Gioia!» disse Alessandro.

«Non devo chiederti permesso! Non sei mio padre!» disse Francesca mantenendosi fredda.

«Ah ecco! Non ho la pretesa che tu mi chieda il permesso, assolutamente! Ma dopo quello che è successo a Gioia, me lo dovevi!» disse Alessandro sempre più arrabbiato.

«Calmati! Mi sembra che tu stia esagerando!» disse Francesca alzando il tono della voce.

«Siete tutte uguali! Non vi preoccupate per i figli! Siete solo capaci di metterli al mondo! Se non fosse stato per me e i miei poliziotti non avresti ritrovato tua figlia! Non pretendevo niente ma almeno essere a conoscenza che alla bambina non fosse più successo niente!» disse Alessandro già vicino alla porta di uscita per andare via.

«Papà!» urlò Gioia.

«Gioia non è tuo padre!» disse Francesca.

«Gliel'ho detto a mamma che preferisco te a Big Jim!» disse Gioia.

«Big Jim?» chiese Alessandro contrariato.

«È un ragazzo che mamma ha conosciuto sulla spiaggia!» disse Gioia.

«Capisco! Notte Gioia, ci vediamo domani mattina!» disse Alessandro baciando la bambina sulla guancia e uscì sbattendo la porta.

«Che cosa ha?» chiese Olga, che era rimasta sulle scale a guardare tutta la scena.

«Non lo so! Mi ha solo insultato e mi ha ripetuto che non sono una buona madre! E il resto penso lo avrai ascoltato con le tue orecchie!» disse Francesca.

«A me è sembrato geloso!» disse Olga.

«Geloso? Mi ha offeso!» disse Francesca.

Undicesimo capitolo

Gioia era a letto con Olga, Francesca uscì fuori nel suo giardino a prendere una boccata d'aria, non riusciva ad addormentarsi, le parole di Alessandro le erano entrate nella testa e non riusciva a cacciarle via. Sentì un vocio provenire dal giardino accanto al suo. Era Alessandro che discuteva animatamente con una donna.

«Ti ho ripetuto mille volte che fra noi è tutto finito!» disse Alessandro.

«Non è stata colpa mia! Thomas era con noi ed è stato un attimo! Non l'ho visto più ed era ormai tardi! Era giù...» disse piangendo la donna interrotta bruscamente da Alessandro.

«Cosa stai dicendo? Tu eri con quell'uomo, il tuo amico come si chiama? Steve!» disse Alessandro.

«È stata una disgrazia!» ripeté la donna piangendo.

«Non mi compri con le lacrime! Eri a letto con quello Steve! No che me ne importasse qualcosa! Ma dovevi stare attenta al bambino!» urlò Alessandro.

«Chiedo il tuo perdono!» disse la donna.

«Perdono? Caterina vai via, lasciami in pace con il mio dolore! Io ho perso mio figlio che aveva solo due anni! Tu sei una poco di buono, mio figlio non dovevo lasciarlo con te!» disse Alessandro, la donna se ne andò sbattendo la cancellata.

"Mio Dio! Povero bambino! Per questo ce l'ha con tutte le donne e con me!" si disse Francesca e le lacrime le scendevano sul viso dopo aver ascoltato questa storia.

Alessandro la vide e la bloccò con un braccio mentre Francesca stava per rientrare a casa: «Cosa hai sentito?» chiese Alessandro.

«Non ha importanza! È la tua vita privata non deve interessarmi!» disse Francesca cercando di liberarsi dalla stretta del suo braccio.

«Non deve interessarmi! Francesca te lo stai imponendo!» disse Alessandro.

«Devo rientrare in casa! Gioia si potrebbe svegliare!» disse Francesca.

«Tu provi qualcosa per me!» disse Alessandro stringendola di più a lui.

«Sei ridicolo! Con tutte le donne ti comporti in questo modo?» disse Francesca.

«In quale modo?» chiese Alessandro facendola voltare verso di lui.

«Sei convinto che tutte le donne cadono ai tuoi piedi!» disse Francesca abbassando lo sguardo per non guardarlo negli occhi visto che non c'erano ormai distanze che li separavano.

«Stai piangendo! Perché non mi guardi?» chiese Alessandro prendendole il mento con la sua mano e sollevandoglielo.

«Devo proprio rientrare!» disse Francesca cercando di allontanarsi da lui ma il suo movimento invece di allontanarla da lui la avvicinò di più e finirono con le loro labbra appiccicate l'uno all'altra.

«Potevi dirmelo prima che volevi che ti baciassi» disse Alessandro e non le diede tempo di replicare che la baciò.

"E ora? Non mi importa niente, l'importante in questo momento che sono fra le sue braccia!" si disse Francesca.

«Ehi! Non ti credevo così passionale!» disse Alessandro con uno strano sorriso ma di nuovo non le diede la possibilità di replicare che la baciò di nuovo.

"Basta, questa è l'ultima volta ispettore e poi ti mando a quel paese!" si disse Francesca. La testa le diceva questo ma il cuore non voleva allontanarsi da lui. Uscirono Gioia e Olga.

«Ti avevo detto nonna che c'erano delle voci! Hai visto che Alessandro è il mio papà!» disse Gioia saltando come un canguro davanti a loro.

«No Gioia è solo un malinteso!» disse Francesca arrossendo.

«No non è un malinteso! Gioia hai ragione, io e tua mamma ci sposeremo presto! E tu sei la mia piccola principessa!» disse Alessandro.

«E chi avrebbe deciso tutto questo?» chiese Francesca.

«Io e il tuo cuore!» rispose Alessandro.

Finito di stampare nel mese di Giugno 2017
per conto di Youcanprint *Self-Publishing*